AF326393

VENTE DU LUNDI 28 FÉVRIER 1887

HOTEL DROUOT, SALLE N° 4

TABLEAUX

PAR

A. Rouby

Mᵉ LÉON TUAL

COMMISSAIRE-PRISEUR

56, rue de la Victoire, 56

M. BERNHEIM Jeune

EXPERT

8, rue Laffitte, 8

PARIS — 1887

CATALOGUE

DE

TABLEAUX

PAR

A. Rouby

Appartenant à M. H.

DONT LA VENTE AURA LIEU

HOTEL DROUOT, SALLE N° 4

Le Lundi 28 Février 1887

A 3 HEURES

M⁰ LÉON TUAL	**M. BERNHEIM jeune**
COMMISSAIRE-PRISEUR	EXPERT
56, rue de la Victoire, 56	8, rue Laffitte, 8

EXPOSITION PARTICULIÈRE

Galerie Bernheim jeune, 8, rue Laffitte, 8

Les Jeudi 24, Vendredi 25 et Samedi 26 Février, de 1 h. à 6 h.

EXPOSITION PUBLIQUE

HÔTEL DROUOT, SALLE N° 4

Le Dimanche 27 Février 1887, de 1 h. 1/2 à 5 h. 1/2

PARIS — 1887

Ce Catalogue se distribue à Paris :

Chez **Mᵉ LÉON TUAL**, commissaire-priseur,

56, rue de la Victoire, 56

Chez **M. BERNHEIM jeune**, expert,

8, rue Laffitte, 8

CONDITIONS DE LA VENTE

Elle sera faite au comptant.

Les Acquéreurs paieront, en sus des adjudications, CINQ CENTIMES PAR FRANC applicables aux frais.

Paris. — Imp. de l'Art. E. MÉNARD et J. AUGRY

41, rue de la Victoire, 41

ALFRED ROUBY

ARMI la pléiade de jeunes artistes épris de vérité qui cherchent et luttent à coups d'ébauchoir ou de pinceau pour nous donner une impression vibrante et juste de la nature, Alfred Rouby est, sans conteste, une des figures les plus originales, les plus spirituelles et les plus sympathiques. Gavroche jusqu'aux moelles, comme un enfant de la vieille Lutèce, un peu vagabond, un tantinet bohémien à ses heures, ayant lu *le Roman comique*, comme mon bon vieil ami Glatigny, — le poète exquis aux rimes millionnaires, qui mourut pauvre, mais la couronne de lauriers verts au front, — il voulut tâter tout d'abord de la gloire du théâtre. Agile comme un clown, fantasque, aimable et quelque

peu désordonné dans son jeu qui, parfois, effa-
roucha maint parterre de province, il pouvait
tout comme un autre rêver, — à tort, — de faire
arrêter son fiacre à la porte de la Comédie-
Française ; mais va-t'en voir s'ils viennent ! Le
démon de la peinture était là qui le guettait der-
rière chaque portant, et ses maigres appointe-
ments se fondaient comme glace au soleil en
achats de palettes gigantesques et de tubes extra-
vagants. Il ne répétait plus, il peignait ! Il peignait
jusque sur la scène, où il eut l'audace d'exécuter
en cinq minutes, aux yeux d'un public émer-
veillé, les paysages les plus étranges et les plus
variés.

Je me souviens qu'il y a dix ou douze ans, me
trouvant à Angers, j'entrai par hasard, pour
prendre un bock, au *Café du Cirque*. Tout en
vidant mon verre, j'inspectais de l'œil le modeste
établissement, quand, me levant soudain, je me
précipite vers le fond de la salle où resplendis-
saient de superbes panneaux d'une magnifique
coloration, d'une exécution superbe, d'une touche
fine, grasse et facile, qui rappelaient les meilleurs
maîtres du paysage moderne. Tiens, tiens, me
disais-je, à part moi, est-ce que Daubigny se serait
égaré par ici, aux heures de jeunesse, et aurait
payé sa pension à coups de brosse et de couleur ?

Je me baisse pour voir la signature et je lis : *Alfred Rouby*.

Un jeune Angevin, qui fumait tranquillement sa pipe et jouissait de ma satisfaction, me dit en souriant : — Vous trouvez ça bien, n'est-ce pas ?

— Je vous crois, lui répondis-je ; c'est superbe ! Vous connaissez ce Rouby ?

— Oui, c'est un jeune ami à moi, qui joue la comédie dans un petit théâtre.

— Peut-on le voir ?

— Non ! Il est en ballade, pour faire des études sur les bords de la Maine.

Je partais le soir même, et jusqu'à la gare de l'Ouest j'eus, en fermant les yeux, la vision intense des merveilleuses décorations que je venais d'admirer.

A Paris, je devais fatalement retrouver le peintre-acteur. Les engagements se faisaient rares et il pouvait moins que jamais céder à l'irrésistible entraînement de la palette.

— On ne peut courir avec succès deux lièvres à la fois, lui dis-je un jour ; j'en sais quelque chose, hélas ! Il faut choisir, et si tu m'en crois, — comme, malgré ta verve et ton esprit, tu ne peux espérer de remplacer Frédérick Lemaître, — opte carrément pour la peinture.

O joie inénarrable ! Pour la première fois, je vis un ami suivre le conseil que je lui donnais. Rouby se mit à piocher dur et ferme, dévalisant les fleuristes, les marchands de bric-à-brac et de curiosités. Son atelier devint un véritable capharnaüm où l'on ne put bientôt faire un pas sans se heurter à des bouquets flétris, à quelque chaudron rutilant, renverser une potiche, briser quelque assiette ou pulvériser des coquilles d'huîtres et de moules ; sans compter les cristaux, les épées, les cuirasses et les lambeaux d'étoffes aux tons multicolores. J'y pus même contempler un jour avec stupéfaction jusqu'à des tonneaux et des brocs de divers calibres... vides, malheureusement !

Le peintre, avec une adresse de singe, démêlait immédiatement dans ce fatras, dans ce fouillis inextricable, le motif à peindre, la pièce à caresser d'un amoureux pinceau et, grâce aux rayons d'un soleil-complice qui piquait de points éclatants toute cette matière inerte, au bout de quelques heures, il nous donnait avec une verve endiablée l'illusion de la vie et de la réalité.

Aujourd'hui, Alfred Rouby expose quarante toiles : paysages, fleurs et natures mortes, dans lesquelles il affirme victorieusement ses qualités de facture et de coloriste.

En dépit des alarmistes intéressés, Paris

compte encore, par bonheur, nombre d'esprits
d'élite aimant et comprenant l'art personnel et
primesautier. C'est pourquoi, ami Rouby, je pré-
dis à coup sûr, à ta vente intéressante entre toutes,
un grand et légitime succès.

ÉTIENNE CARJAT.

10 février 1886.

DÉSIGNATION

TABLEAUX

1 — *Pot-au-feu*. Nature morte.

2 — *Poissons et moules*. Nature morte.

3 — *Une Ferme, route de Pourville.*

4 — *Nature morte.*

5 — *Huîtres.*

6 — *Pommes et fleurs d'hiver.*

7 — *Giroflées et violettes.*

8 — *Pêches.*

9 — *Sous bois, forêt de Fontainebleau ; soir.*

10 — *Falaises de Villerville.*

11 — *Pivoines.*

12 — *Roses.*

13 — *Nature morte.*

14 — *Fleurs.*

15 — *Fleurs et nature morte.*

16 — *Chemin des Baraquettes.*

17 — *Roses.*

18 — *Lilas et violettes.*

19 — *Sucrier et fleurs.*

20 — *Nature morte.*

21 — *Dans l'île de Croissy.*

22 — *Fleurs.*

23 — *Fleurs d'hiver.*

24 — *L'Ile de Saint-Denis (Pont).*

25 — *Roses.*

26 — *Giroflées.*

27 — *Lilas.*

28 — *Roses.*

29 — *Giroflées.*

30 — *Pivoines.*

31 — *Nature morte.*

32 — *Violettes.*

33 — *Prunes.*

34 — *Saint-Denis.*

35 — *Pivoines.*

36 — *Lamorlaye.*

37 — *Bruneval.*

38 — *Fleurs.*

39 — *Nature morte.*

40 — Divers tableaux.

RED. :

16

graphicom
379.89.70

0 1 2 3 4 5 6 7 8 9 10

www.ingramcontent.com/pod-product-compliance
Lightning Source LLC
LaVergne TN
LVHW021503060726
842527LV00006B/2422